# 如果我在成都等你

郭劲松 绘
乐成都编写组 编

四川人民出版社

**图书在版编目（CIP）数据**

如果我在成都等你 / 郭劲松著；乐成都编写组编 .—成都：四川人民出版社，2017.12

ISBN 978-7-220-10282-0

Ⅰ. ①如… Ⅱ. ①郭… Ⅲ. ①旅游指南－成都 Ⅳ. ①K928.971.1

中国版本图书馆 CIP 数据核字（2017）第 182975 号

RUGUO WO ZAI CHENGDU DENGNI

**如果我在成都等你**

郭劲松 绘 乐成都编写组 编

| | |
|---|---|
| 责任编辑 | 谢 寒 叶 驰 |
| 装帧设计 | 张迪茗 |
| 责任校对 | 袁晓红 |
| 责任印制 | 李 剑 |
| 出版发行 | 四川人民出版社（成都槐树街2号） |
| 网 址 | http://www.scpph.com |
| E-mail | scrmcbs@sina.com |
| 新浪微博 | @四川人民出版社 |
| 微信公众号 | 四川人民出版社 |
| 发行部业务电话 | （028）86259624 86259453 |
| 防盗版举报电话 | （028）86259624 |
| 印 刷 | 四川新财印务有限公司 |
| 成品尺寸 | 140mm × 195mm |
| 印 张 | 6.25 |
| 字 数 | 100千 |
| 版 次 | 2017年12月第1版 |
| 印 次 | 2017年12月第1次印刷 |
| 书 号 | ISBN 978-7-220-10282-0 |
| 定 价 | 42.00元 |

# 如果我在成都等你，你会来吗？

“丞相祠堂何处寻，锦官城外柏森森。”杜甫这句传遍古今的名句早已道出了成都这座城市的厚重历史和幽然环境。作为美名远扬的“天府之国”，它一直都以稳重却不失热情的气质迎接着八方来客，让每一位到访者都体会到成都——这座来了就不想离开的城市的独特魅力。

既然是一座来了就不想离开的城市，那它定有让人留下来的理由——美景、美食、历史、茶艺、时尚……总有一样能让你沉醉。

成都，景点不胜枚举。金沙博物馆的古蜀文化、武侯祠的三国文化、杜甫草堂的诗圣遗风、青羊宫的道教文化、都江堰的水利奇迹、宽窄巷子的老成都风情……若想要一天逛完成都的所有景点，感受成都的魅力，只怕会哀叹一日的时间太过短暂，如何够用，所以还是得依据兴趣优中选优。但若时间充足，那每一处名胜都值得细细品味，到那时，你自会明白为何自古以来文人墨客都爱这座城市。

成都，美食琳琅满目。记住一座城往往是因为一种感觉，而味觉记忆一定是所有感觉中最难以忘记的一种。“辣”，似乎成为每每谈及成都美食时出现频率最高的字。火锅、串串、冒菜、钵钵鸡……成都人对于辣的喜爱的确体现于菜品的味道中，但若川菜只有一个辣，怎能满足爱吃的成都人挑剔的味蕾呢？所以在成都，小吃种类丰富——糖油果子、钟水饺、龙抄手、三大炮、蛋烘糕……；苍蝇馆子遍街开——白家肥肠粉、华兴煎蛋面、三哥田螺、二嬢鸡爪爪……酸甜咸香麻辣，每一种味道在成都美食中都能让你心悦诚服，发达的餐饮业使成都成为亚洲第一个世界“美食之都”。

成都，街道各具魅力。越来越多的旅行者去到一座城市时，不爱人山人海的知名景点，独爱特色十足的街巷小径。因为醇厚的老城文化、地道的城市故事总是浓缩在这纵横交错的街道中，成都也不例外。成都既有世界最长的城市主轴天府大道，也有百年金街春熙路；既有酒吧林立的九眼桥水津街，也有文艺小资的小通巷……无论是吃货还是潮人，无论是文艺小清新还是历史人文爱好者，总有一条成都街道会等着你的到来。





成都，“雄起”二字享誉全国。城市文化包含方方面面，方言是其中必不可少的组成部分。成都方言随着 20 世纪 90 年代四川全兴足球队的球迷们高喊的一声声“雄起”而传遍全国。随后而起的“耙耳朵”“洗白”“瓜娃子”等方言，带着成都人的诙谐、成都文化的趣味被越来越多的外地朋友喜爱，许多成都方言用语也融入了普通话中，这正如成都这座城市不断地发展腾飞，融入祖国发展和世界发展的潮流中。

成都，茶馆有三宝：川剧、麻将、盖碗茶。谈及成都，便不得不说到这座城的悠闲和慢节奏。而最能体现这一特点的，莫过于成都茶馆文化。老成都人总爱到茶馆里，泡上一碗盖碗茶，坐在老藤椅上，或观看茶馆里演出的川剧，或招来一旁的采耳师傅享受一下采耳的舒适，或三三两两围在一起摆龙门阵，又或四人凑成一桌“血战到底”（成都麻将的一种玩法）。这样接地气的生活方式必然悠闲自在，而这些都体现在了拥有着悠久茶文化历史的成都茶馆里，一座座百年茶馆积淀下这座城市百姓生活的记忆。

成都，学子青春飞扬。一座城市的激情集中体现在年轻人的身上，而最有激情的年轻人必是大学生。全国各地的青年学子来到成都，带着对这座城市的陌生与期待，将自己人生年华中青春飞扬的岁月留在这里。无论最终离开或留下，这座城市终将成为他们记忆中抹不去的印记。成都因他们而青春，更因他们的学以致用而发展。

成都，还有讲不完的城市故事，述不尽的城市特点，只有当你亲自来到这里，才能真切体会那句红遍大江南北的歌词——“成都，带不走的只有你。”所以，如果我在成都等你，你会来吗？

# 目

## 景点 · 一日逛逛锦官城

# 美食·不得不吃的成都味道

## 街道 · 穿越古今的记忆

## 方言·趣味无穷的成都方言

雄起

## 茶馆 · 盖碗茶中摆不完的龙门阵

## 大学 · 致我们芙蓉花开的青春

成都【CHENG DU】从这里开始……

# 景 点

## 一日逛逛锦官城

成都，这个自古以来就使文人墨客倾心的城市，既有深厚的历史文化底蕴，又有秀丽的自然山水，物华天宝，人杰地灵，天府之国，名副其实。

不说距离较远的九寨、黄龙，就拿成都近郊范围内能一日往返的名胜古迹来说，都难以罗列。从“拜水都江堰，问道青城山”到三国文化武侯祠，从川西民居宽窄巷子到大熊猫繁育基地，历史、文化、自然、时尚……成都的景点只有你想不到，没有你找不到。这些星罗棋布的景点不仅吸引着如织游人，也给地道的成都人提供了休闲佳处。

如何在有限的时间里，对成都各色美景取舍，着实是道困难的选择题，但看了后面这些代表景点，一日之内也就能逛遍锦官城了。

# 都江堰

**啮山喷怒雪，垒石卧寒云。禹绩真堪补，双流此地分。**

## 知识标签：

·始建于公元前 256 年，由时任秦国蜀郡太守的李冰率领其子及众人组织修建。

·全世界迄今为止历史最久、唯一留存使用的无坝引水的水利工程。

·由鱼嘴、飞沙堰和宝瓶口三大主体工程组成。

·两千多年来，一直起着防洪灌溉的作用，消除岷江水患，成就成都平原“天府之国”的美誉。

·开创了中国古代水利史的新纪元，被誉为“世界水利文化的鼻祖”。

·2000 年被联合国教科文组织列入《世界遗产名录》，现为国家 5A 级旅游景区。

## 坐标：

成都市都江堰市城西

## 门票：

90 元

## 交通：

快铁：成都火车北站始发，约每小时一班，全程票价 15 元（最推荐）。

巴士：成都茶店子客运站、西门汽车站、新南门客运站、双流客运站、机场客运站等均有巴士专线。

## TOP5

1. 鱼嘴分水堤——都江堰的水利精髓
2. 宝瓶口——江水入成都平原的咽喉
3. 安澜索桥——中国著名五大古桥之一
4. 二王庙——都江堰水利工程“博物馆”
5. 秦堰楼——全景拍摄最佳点

## TO 游客亲:

成都周边首选景点，距离近、耗时短、历史佳的半日游胜地。

## TO 成都亲:

即使去过很多遍，依然是夏季周末全家游的避暑好去处。

# 武侯祠

**丞相祠堂何处寻，锦官城外柏森森。**

## 知识标签：

·始建于公元 223 年，我国最负盛名的三国历史文化胜地。

·不仅含有刘备的惠陵，还是中国历史上唯一一座君臣合祀祠庙。

·现由文物区（三国历史遗迹区：惠陵、汉昭烈庙和武侯祠等）、园林区（三国文化体验区）和锦里三部分组成。

·1961 年被评为全国首批重点文物保护单位，2008 年被评为首批国家一级博物馆。

## 坐标：

成都市武侯区

武侯祠大街 231 号

## 门票：

成人 60 元

学生 30 元

家庭套票 120 元

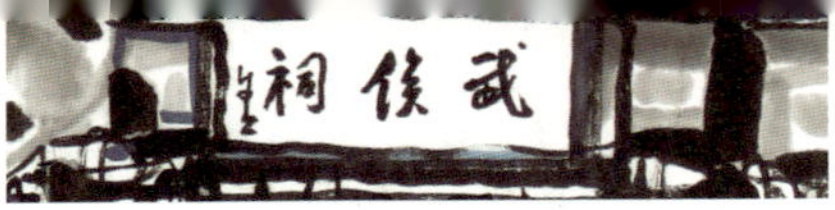


## 交通：

公交：乘 1、57、82、334、335 路等公交车至武侯祠站下车；乘 8、21 路等公交车至武侯祠东街站下车（最推荐）。

出租车。

（不建议自驾，因景点位于市区核心地带，停车不便，且景区停车场较小，容量有限。）

## TOP5

1. 刘备殿——追忆蜀王之地
2. 诸葛亮殿——武侯祠中的武侯祠
3. 文武廊——东文西武护蜀汉
4. 惠陵——蜀王刘备墓
5. 红墙竹影——不可多得的美景摄影地

## TO 游客亲：

成都市区核心景点，三国遗迹文化博物馆，游玩武侯祠别忘了旁边的锦里哦。

## TO 成都亲：

元宵灯会举办地，老人晨练好去处。

（微信扫二维码，可享受免费讲解。入口处也可租用电子导游。还可在武侯祠购买杜甫草堂等景点的门票，乘坐免费旅游巴士前往。）

## 链接 · 锦里

**他年锦里经祠庙，梁父吟成恨有余。**

品完武侯祠的三国文化，便可去相邻的锦里逛逛。这里是西蜀历史上最古老、最具有商业气息的街道之一，也是如今成都人气最旺的仿古街道，与另一处著名的古街宽窄巷子遥相呼应。街道全长 550 米，内含茶楼、咖啡馆、酒吧、客栈、饭店，还有极具地方特色的戏台、三国特色店铺等，是体验三国文化与成都民俗的魅力街区。

# 宽窄巷子

**宽巷子不宽，窄巷子不窄。**

## 知识标签：

· 历史遗留下来规模最完整的成都清朝古街道。

· 由宽巷子、窄巷子、井巷子三条街道组成，素有“闲在宽巷子，品在窄巷子，泡在井巷子”之说。

· 成都文化的缩影，体验“最成都”的首选地。

· 被选为成都三大历史文化名城保护街区之一。

· 重建宽窄巷子时，征集了四万块不同年代的砖，将其垒砌成了井巷子南侧的砖墙。

## 坐标：

成都市青羊区长顺街

## 门票：

免费

## 交通：

地铁：2号线至人民公园站下车；4号线至宽窄巷子站下车（最推荐）。

公交：乘坐62、70、93路等公交车至宽窄巷子站下车。

出租车。

## TOP5

1. 宽巷子——曾经的贵族院落
2. 窄巷子——曾经的平民小院
3. 井巷子——老成都的记忆再现
4. 拴马石——北方文化在川西呈现
5. 文化砖墙——成都历史画卷

## TO 游客亲：

了解老成都的首选地，品茗、看戏、泡吧、小吃一应俱全，古今融合的交汇点。

## TO 成都亲：

宴请客人好选择，婚纱照的外景地，年轻人的夜生活。

# 天府广场

**曾经的皇城，今日的中心。**

## 知识标签：

·集文化、商业中心和交通枢纽为一体的城市中心广场。

·我国西南最古老、占地面积最大的广场，约有 8.8 万平方米。

·历史的见证者：前蜀时期蜀王府中心位置，清朝时的贡院所在地，洋务运动时的学堂旧址……

·“三馆一宫”绕广场，北为四川科技馆，西为成都博物馆，西北角为四川省图书馆，东为锦城艺术宫。

## 坐标：

成都市青羊区人民东路

## 门票：

免费

## 交通：

地铁：1、2 号线至天府广场站下车（最推荐）。

公交：乘坐 16、23、26、303、38、43、45、61、99 路等公交车至天府广场站下车。

出租车。

## TOP5

1. 天府广场——成都人的“天安门广场”
2. 天府广场地下商城——吃玩逛的歇脚处
3. 成都博物馆——历时六年的“金镶玉”新馆
4. 四川省图书馆——全新的文化中心
5. 锦城艺术宫——成都人不可舍弃的艺术殿堂

## TO 游客亲:

地铁换乘中心站，到此一游照绝不可少，站在成都中心观成都的现代化发展。

## TO 成都亲:

周末购物的黄金商业区，老成都人的记忆“皇城坝”。

# 人民公园

**驻足少城忆保路，**
**赏花品茗展新篇。**

## 知识标签：

· 集爱国主义、文物保护、园林设计、休闲娱乐、交通枢纽为一体的综合性城市中心公园。

· 前身为少城公园，其基地曾为“八旗”营地。

· 爱国主义教育基地：为纪念保路运动中牺牲的烈士，园中建有辛亥秋保路死事纪念碑。

· 成都有名的老茶馆遍布园中，盖碗茶香飘园林。

· 国家 4A 级旅游景区，占地面积超 10 万平方米，辛亥秋保路死事纪念碑为全国重点文物保护单位。

## 坐标：

成都市祠堂街少城路

## 门票：

免费

## 交通：

地铁：2 号线至人民公园站下车（最推荐）。

公交：乘坐 13、43、47、53、58、5、62、64、78、81 路等公交车至人民公园站下车。

出租车。

## TOP5

1. 辛亥秋保路死事纪念碑——保路运动的印记
2. 茶馆——地道盖碗茶云集
3. 园林——市中心的绿地
4. 防空洞——夏日里的自然空调
5. 幽幽小湖——闲时市内也泛舟

## TO 游客亲：

地铁换乘站，游玩宽窄巷子后的歇脚点，老成都盖碗茶文化的最佳体验地之一。

## TO 成都亲：

成都老人的娱乐胜地，老成都人最爱的“藤椅 + 盖碗茶”，成都父母们替子女相亲的交流地。

---

### 链接 · 辛亥秋保路死事纪念碑

辛亥秋保路死事纪念碑修建于 1913 年，坐落在成都市人民公园内，是当时的川路总公司为纪念在四川保路运动中牺牲的烈士而建。纪念碑高约 30 米，整体呈方锥形，由砖石砌成。碑台仿照月台建造，碑座四面为与铁路、火车相关的浮雕，碑身四面分别用楷、行、隶、草 4 种字体刻下“辛亥秋保路死事纪念碑”的字样，每种字体分别为当时的四川书法家们题写。

# 杜甫草堂

万里桥西一草堂，
百花潭水即沧浪。

## 知识标签：

· 唐代著名诗人杜甫寓居成都时的故居，如今已成为纪念杜甫的杜甫草堂博物馆。

· 历朝历代经历多次修葺，如今保留的是清朝时的格局，后在此基础上扩建。

· 混合式古典园林，绿荫覆盖，小桥流水，占地面积超 20 万平方米。

· 草堂内共藏有各类古籍资料 3 万余册、文物 2000 余件。

· 被评为国家一级博物馆、全国首批重点文物保护单位、4A 级旅游景区。

## 坐标：

成都市青羊区青华路 37 号

## 门票：

成人 60 元

学生 30 元

## 交通：

公交：乘坐 165、170、309、35、503、58、59、82 路等公交车至杜甫草堂站下车。

出租车（最推荐）。

## TOP5

1. 茅屋——重现杜甫故居的真实面貌
2. 草堂大廨——气势不凡的杜甫办公地
3. 诗史堂——敬诗圣读诗史
4. 工部祠——存有草堂最早的杜甫半身石刻像
5. 少陵草堂碑亭——果亲王允礼亲题

## TO 游客亲：

感受诗圣避世的清幽之地，瞻仰古代文人的天赋才情，市区一日游的必到景点。

## TO 成都亲：

浣花溪畔的避暑公园，茶余饭后的散步幽径。

### 链接 · 浣花溪

杜甫草堂位于浣花溪畔，也称“浣花草堂”。正如杜甫草堂一样，浣花溪也因杜甫而闻名。杜甫《绝句》中那流传千古的诗句“两个黄鹂鸣翠柳，一行白鹭上青天。窗含西岭千秋雪，门泊东吴万里船”就写有近处浣花溪的美景。如今的浣花溪景区更是集自然风景、高档住宅、旅游景点、古典园林、城市公园为一体的大型街区式景区。

# 青羊宫

**川西第一道观，西南第一丛林。**

## 知识标签：

·全国著名的道教圣地之一，成都市内规模首屈一指的道观，素有“川西第一道观”之称。

·历史悠久，可追溯至春秋时期，现存建筑多为清朝时期修建。

·存有全世界保存最完整版本的道教经典《道藏辑要》，宫内铜羊为清朝文物，仿制品作为圣物象征，可被游人抚摸。

·相传为神仙聚会之地，聚会之日（农历二月十五日）即为如今青羊宫著名的“花会”日。

## 坐标：

成都青羊区一环路西二段 9 号

## 门票：

成人 10 元

学生 5 元

## 交通：

公交：乘坐 103、109、11、17、19、25、27、301、302、34、309、35、42、47、59、5、63、70、82 路等公交车至青羊宫站下车（最推荐）。

出租车。

## TOP5

1. 八卦亭——宫内保存最完整的道教标志性建筑
2. 三清殿——由镇宫之宝守护的主殿
3. 混元殿——宫内第二重大殿
4. 斗姥殿——宫内现存唯一明朝建筑
5. 玉皇殿——供奉玉皇大帝的主殿

## TO 游客亲：

成都市内历史最悠久、保存最完整、规模最大的道教圣地。

## TO 成都亲：

每年农历二月十五日，青羊宫都会举办热闹的庙会，是感受节日气氛的绝佳时机。

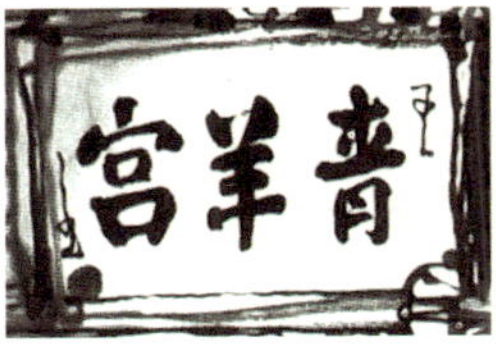

# 望江楼公园

望江楼，望江流，
望江楼上望江流，
江流千古，江楼千古。

## 知识标签：

· 集文物保护、园林设计、自然风光、休闲娱乐为一体的城市公园。

· 园内有为纪念唐代著名女诗人薛涛而建的望江楼、薛涛井，至今仍是世人了解这位才女的拜访处。

·望江楼公园以竹闻名，共种植150余种竹子，处处竹叶摇曳，又称“竹子公园”。

· 园内楼阁众多，多为文物建筑，也多因薛涛而建，是目前成都纪念薛涛规模最大、最完整之地。

## 坐标：

武侯区望江路30、40、50号

## 门票：

成人20元

## 交通：

公交：乘坐 19、35 路等公交车至望江楼公园站下车。

出租车（最推荐）。

## TOP5

1. 望江楼——锦江边标志性景观
2. 薛涛井——忆川蜀才女
3. 濯锦楼——锦入锦江濯洗净
4. 吟诗楼——诗笺茗碗香千载，云影波光活一楼
5. 五云仙馆——九气分为九色霞，五灵仙驭五云车

## TO 游客亲：

了解川蜀才女薛涛生平的博物馆，体会川蜀竹影的婆娑魅影。

## TO 成都亲：

锦江边上休憩乘凉佳所，傍晚家人闲庭信步绿意园林。

### 链接·薛涛井

作为川蜀才女的代表，薛涛当之无愧。她的一生才情纵横、吟诗交游，从为爱驻守到看破红尘，述尽了传奇女子的跌宕起伏，后世建薛涛井以示纪念。如今看到的薛涛井，井口呈八角形，莲花台座的井台更显女性意向，井后红墙上刻有“薛涛井”字样，游人观之，顿生幽思。

# 环球中心

**创世界最大单体建筑，立城南新城核心地标。**

## 知识标签：

·集购物、休闲、商务、酒店、美食等于一体的超大商业综合体。

·成都天府大道核心发展区的标志性建筑，也是世界第一大单体建筑，建筑面积超 170 万平方米。

·主要由中央锦城广场、环球中心和世界当代艺术中心三部分构成，其中世界当代艺术中心由世界著名建筑大师扎哈·哈迪德设计。

·地理位置上，前对成都世纪城新国际会展中心，背靠锦城公园，环境优越，人气极旺。

## 坐标：

成都高新南区天府大道北段 1700 号

## 门票：

免费

## 交通：

公交：乘坐 74、125、171A、171B、503、898、1064 路等公交车至环球中心站下车。

地铁：1 号线至锦城广场站下车（最推荐）。

出租车。

## TOP5

1. 购物中心——品牌云集，琳琅满目
2. 天堂岛海洋乐园——成都最大的室内海洋乐园
3. 当代艺术中心——高品位的艺术殿堂
4. 锦城广场——梦幻音乐喷泉点亮蓉城
5. 锦城公园——购物后休憩好去处

## TO 游客亲：

成都天府新城最具特点的建筑，购物天堂，娱乐胜地。

## TO 成都亲：

周末亲子一日游的上佳选择，朋友聚会新城首选地。

# 成都大熊猫繁育研究基地

**国宝的家乡，川人的骄傲。**

## 知识标签：

·全球知名的大熊猫研究和保护机构，集合了动物保护教育、大熊猫科研繁育、熊猫文化宣传、旅游休闲等各方面功能。

·从新生熊猫到成年熊猫，均可在基地内看到。

·基地内不仅有大熊猫博物馆、大熊猫幼儿园、大熊猫活动场等，还有小熊猫场馆和鸟类栖息地。

·基地内竹林环绕、树木苍翠、鸟语花香，绿化覆盖率超 95%，是环境极佳的生态公园。

·国家 4A 级旅游景区，自成立以来先后接待了数十国国家领导人和众多社会名人。

## 坐标：

成都外北熊猫大道 1375 号

## 门票：

成人 58 元

学生 29 元

## 交通：

公交：乘坐 198、198A、867、87 路等公交车至熊猫基地站下车。

地铁：3 号线至大熊猫基地站下车（最推荐）。

出租车。

## TOP5

1. 大熊猫产房——大熊猫新生儿的观看点
2. 幼年大熊猫别墅——大熊猫宝宝的乐园
3. 亚成年大熊猫别墅——大熊猫少年的天地
4. 大熊猫博物馆——大熊猫知多少
5. 小熊猫活动场——“我可不是小浣熊”

## TO 游客亲：

来到大熊猫的故乡，怎能不去看看大熊猫？家庭亲子游景点 NO.1，看遍大熊猫的各个成长阶段。

## TO 成都亲：

每个成都人都去过的地方，接待亲朋好友市区周边游的首选地。

keywords

keywords

keywords

keywords

keywords

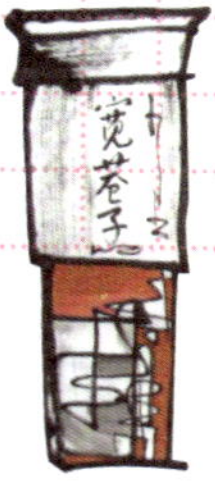


keywords

# 美 食

不得不吃的成都味道

川菜，中国八大菜系之一，其举足轻重的地位不言而喻。

成都，作为美食之都的代表，是许多吃货心中向往的天堂。常说“吃在中国，味在四川”，而在四川，这句话就要变成“食在四川，味在成都”了。作为正宗川菜的发源地——成都，有名的川菜馆子遍布大街小巷，小吃店更是处处可见。

成都小吃品种繁多，制作精美，选料严谨，味道多变，色香味形俱全，据统计品种不下200种，如龙抄手、钟水饺、担担面、麻婆豆腐、夫妻肺片等，全市有近三分之一的店铺是小吃店铺，如此众多的小吃可谓全国之冠。

# 钟水饺

## 钟水饺就是红油水饺吗？

“钟水饺”始创于1893年，创始人名不详，仅知后来的厨师叫钟樊森，因开业之初店址在成都的荔枝巷，故又称“荔枝巷水饺”，以红油水饺和清汤水饺最出名，而爱吃辣的成都人则更爱红油水饺。红油水饺由手工制皮，馅心选料严格，加之调料中自制咸红酱油别具特色，使其味微辣、鲜香、咸中带甜。

钟水饺是货真价实传承百年的美食，1992年，被成都市人民政府授予“成都名小吃”称号，1999年获“中华名小吃”称号。

### 哪里吃

钟水饺（人民公园店）：少城路12号人民公园紫薇阁内

钟水饺（武侯店）：武侯祠大街2号

钟水饺（文殊店）：文殊院街27号（文殊院对面）

# 龙抄手

## 龙抄手是因老板姓龙而得名的吗？

抄手是四川人对馄饨的叫法。成都的“龙抄手”开店迄今已有 70 余年历史。龙抄手的得名并非因老板姓龙，而是创办人张武光与其好友在当时的“浓花茶园”商议店名时，借用“浓花茶园的“浓”字，以谐音字“龙”为名号（四川方言“浓”与“龙”同音），借其寓意“龙腾虎跃”“生意兴隆”。

龙抄手皮薄、馅嫩、汤鲜，与南方的小馄饨不同，个头更大，肉馅饱满，一口下去，满满的肉香和细如绸的薄皮充溢在嘴里。而其原汤则是用鸡、鸭和猪身上上佳部位的肉，经猛炖慢煨而成，又白、又浓、又香，这让平常好辣重口的成都人都对原汤抄手欲罢不能。

### 哪里吃

龙抄手（春熙路总店）：成都市锦江区城守街 61 号（近中山广场）

龙抄手（浣花北路店）：浣花北路 9 号附 3-5

# 夫妻肺片

## 夫妻肺片是由牛肺做成的吗？

20 世纪 30 年代，成都人郭朝华和妻子以制售凉拌牛杂为业，夫妻俩走街串巷，提篮叫卖。由于选用牛肉铺的余料做食材，价格便宜、味道好，颇受欢迎。逐渐大家就将这种凉拌牛杂称为“夫妻废片”。后觉得“废片”二字既不好听，寓意也不佳，便取“废”的谐音“肺”，改名为“夫妻肺片”。但因发现牛肺的口感不好，便取消了牛肺，所以夫妻肺片并不是由牛肺做成的。

夫妻肺片通常将牛头皮、牛心、牛舌、牛肚、牛肉作为主料，配以辣椒油、花椒面等辅料，卤制而成。制作精细，色泽美观，质嫩味鲜，麻辣浓香。

## 哪里吃

夫妻肺片（总府路店）：总府路 23 号 2 楼（近王府井）

# 担担面

## 担担面是宜宾燃面吗？

相传 1841 年，一个绰号叫陈包包的自贡小贩创制了一种味道奇佳的面条，因早期用扁担挑在肩上沿街叫卖，所以被人们称作担担面。如今担担面已是成都极为普遍且颇具特色的面食，小小的一碗担担面常常是成都人早餐的首选。

成都担担面色泽红亮，麻酱浓香，酸味提鲜而不抢，辣味香而不燥，同时配有川冬菜、肉末、蒜末、豌豆尖、葱花等，小小一碗面，聚集了多种食材和味道，堪称川味面食中代表者。因其和宜宾燃面品相相似，常有人误以为担担面就是宜宾燃面。

### 哪里吃

小名堂担担甜水面（东城根上街店）：

将军街 1 号达州宾馆 1 楼（近东城根上街）

小名堂担担甜水面（红星路店）：

红星路二段 80 号（近川渝烟草）

# 韩包子

## 韩包子的招牌包子是哪种呢?

1914 年温江人韩玉隆在成都南打金街开设“玉隆园面食店”，因其包子的味道格外鲜美而在成都站稳了脚跟。韩玉隆辞世后，其子韩文华接替经营，他在包子的做法上精心探索、实践，创制出南虾包子、火腿包子、鲜肉包子等品种，在成都饮食行业一炮打响，名声不胫而走。当时该店的南虾包子用料考究、制作精细、皮薄松泡、馅心饱满、入口化渣，被称之为“成都小吃之上品”。后来韩文华干脆专营包子，并将其店名更换为“韩包子”，生意越做越红火。一位外地游客曾在店中留言簿上写道：北有狗不理，南有韩包子，韩包子物美价更廉。

### 哪里吃

韩包子(青石桥店)：

学道街 87 号(近青石桥)

韩包子（高升桥店）：

高升桥东路 7 号

# 糖油果子

## 糖油果子是哪种果子做成的呢?

糖油果子又称天鹅蛋，因形似而得名。糖油果子以糯米、红糖和芝麻为原料，将糯米粉团在油中炸制后裹上白芝麻并用竹签穿起来。一串有三四颗，每串约三到五元钱。每一颗糖油果子浑圆光亮，呈棕红色，有焦糖香味，表面布满了喷香的白芝麻，咬下去皮脆内软，香甜绵糯。

卖糖油果子的商贩多为流动性摊贩，能不能吃到可得靠运气哟。

### 哪里吃

糖油果子：奎星楼街红旗连锁超市旁流动摊贩（近红旗连锁超市）

小时候的糖油果子：武城大街（近市二医院）

# 三大炮

## 三大炮是发射三次大炮吗？

三大炮和真正的大炮一点关系都没有，而是一种成都名小吃。它由糯米制成，裹以豆粉，配以红糖汁食用，类似于北方的驴打滚。三大炮入口后，嘴里充溢着秘制红糖和香酥豆粉的味道，咬下后，绵软的糯米不粘牙，是名副其实的老少皆爱的地道成都小甜食。

而三大炮最有意思的是它的制作过程。师傅会将糯米团分三坨，然后站在案板的一侧，用力将三个糯米团相继摔在身前的案板上，只见糯米团迅速击中铜制案板，然后又飞向案板后装满了豆粉的竹簸中，所有过程仅在几秒钟内完成。而三大炮的得名也正是因为这三次如大炮般“砰、砰、砰”的响声。

### 哪里吃

李长清三大炮（锦里店）：

九品街 10 号

# 伤心凉粉

## 伤心凉粉吃了后真的会伤心至极吗?

伤心凉粉是四川的客家特色小吃之一，许多人在听见这个名字时，都会觉得很有意思，但又不解何意。

伤心凉粉得名有二解：一为居住在洛带镇的当年“湖广填四川”来的客家人思念家乡时做的凉粉，因为思念而伤心，故得名；二则指该凉粉非常辣，吃了凉粉的人都会被辣出眼泪，看上去会让人以为遇到了伤心事。

友情提示：怕辣的朋友们，几个人点一碗感受下就行，不然真的会被辣得很“伤心”的！而爱吃辣的朋友们，可千万别错过这极具特色的香辣凉拌凉粉，凉粉白净透亮，入口即化，加上秘制调味料，定能让你感受到四川味道的热情火爆。

### 哪里吃

伤心凉粉（暑袜店）：暑袜南街 34 号（太平洋影城对面）

# 廖老妈蹄花

## 蹄花是一种什么花呢?

“蹄花”一词会让许多来川的游客误解，以为是某种花，但这种“花”却只在餐馆里出现。其实蹄花就是炖猪蹄。成都的老妈蹄花可谓一绝，以猪蹄为主要原料配以芸豆等其他辅料，精心煲煮而成。炖好的蹄花，其色胜雪，形似飞花，滑嫩细致，柔嫩爽口，香而不腻，豆如棉纱，汤香四溢，经历百年风雨经久不衰，是成都风味名小吃中的上品。

在人民公园一带，以“老妈蹄花”为名的馆子不计其数，已然成了一道风景。而其中廖老妈蹄花因其显著的地理位置和无与伦比的美味，光荣地夺得了“最正宗老字号”的称号。

### 哪里吃

廖老妈蹄花：青羊区东城根南街 7-11 号

## 火锅

### 成都的火锅和重庆的火锅有什么差别呢?

提到四川，就必会想到火锅。火锅，作为川菜的最重要的美食代表之一，以麻、辣、鲜、香著称，它来源于民间，升华于庙堂。在川渝地区无论是男女老少都对火锅欲罢不能，其消费群体涵盖之广泛、人均消费次数之多，都是其他地区望尘莫及的。

成都火锅其实多是重庆火锅的改良，相比而言，重庆火锅更注重麻辣本味，定要辣得酣畅淋漓；成都火锅则受城市性格的影响，在辣的基础上强调更多的其他口味，麻、鲜、香混合，辣度也相对低一点。在成都，大大小小的火锅店不计其数，各种类型的火锅店应有尽有，走在街上，几乎几分钟就能看见一家火锅店。来到成都，怎能不到火锅店里品尝一下成都的热情火辣。

**哪里吃**

目所能及的火锅店都可以进去试试

## 成都“味代表”

串串香

叶儿粑

肥肠粉

回锅肉　黄辣丁

泡　菜

麻婆豆腐

# 154 华兴街

首车 07：00　末车 20：00

美食线路公交车

## 第一站

华兴街站／雨田饭店／人均 46 元

老牌苍蝇馆子，价廉量大，荷叶烧排骨、水煮肉片、藕汤、泡菜，包你满意。

## 第二站

华兴街站／自力面店／人均 12 元

地道成都面馆，杂酱面、排骨面、牛肉面“传统的老三样”来者必点。

## 第三站

双栅子街站／华兴街煎蛋面／人均 13 元

为什么一碗煎蛋面就能如此吸引人？吃了你就知道了。

# 荷花池公交站

总长 6 公里

## 第四站

双栅子街站／冒牌火锅菜／人均 25 元

火锅是一群人的冒菜，冒菜是一个人的火锅。

## 第五站

地铁市二医院站／三倒拐烧菜馆／人均 30 元

撇脱的成都慢生活，别看店小，全是川菜的精华。

## 第六站

福德街站／张孃烤肉／人均 65 元

腰片、酱香五花肉、蒜香牛肉……裹着生菜吃，味道不摆了。

### 第七站

福德街站／三哥田螺／人均120元

平民的环境，贵族的价格，只有在成都，这样的美食店才能生存。

### 第九站

曹家巷站／明婷饭店／人均45元

成都最有名苍蝇馆子，我们做的不是菜，是情怀。

### 第八站

马镇街站／张记鳝鱼面／人均50元

面中爱马仕，一碗面要你几十块，味道在那儿摆起，爱吃不吃。

## 第十站

曹家巷站／王记特色锅魁／人均12元

谁说南方人不爱面食？各种锅盔任你选。

## 第十一站

张家巷站／实惠啤酒鸭／人均67元

啤酒烧鸭、特色卤串串、鱼香小龙虾，配上一瓶冰啤酒，夫复何求。

## 第十二站

红花南路站／鲜老头猪肝面／人均15元

一两让你半饱，二两让你胀憨，三两让你达到人生的小高潮。

keywords

keywords

keywords

# 美食记

keywords

keywords

keywords

# 街 道

穿越古今的记忆

街道好似一座城市的血管，纷繁复杂地构筑起城市的命脉。

而成都这座城市的街道血管别有特色，既有粗壮的主动脉，也有形状不同的毛细血管。一条条街道除了是构成城市交通的重要通道，不少街道都有着厚重的历史背景，可谓是城市文化的一张张小缩影。而通常街道的故事不同于严肃的正史，它是市井文化、家长里短的源头，那些街道龙门阵摆都摆不完。光从成都一些街道的名字，就能透露出成都的趣味：奎星楼街、暑袜街、琴台路……

所以除了宽窄巷子，走走那些成都的老街新路，才能体会到最成都的老故事。

春熙路

# 春熙路

## 百年金街

### 标签：商业步行街 百年春熙

春熙路原名“森威路”，是由民国时四川省督办杨森组织兴建，因其又称“森威将军”，故而将此路命名为“森威路”。1924 年，因受道家《道德经》“众人熙熙，如享太牢，如登春台”的影响，将其改名为“春熙路”，沿用至今。

春熙路素有“百年金街”之称，一直以来都是商业繁华之地，店铺林立、人气兴旺，它的变迁也记录了成都的历史。近年，随着 IFS 国际金融中心和远洋太古里的入驻，春熙路与大慈寺片区打通连成了大春熙商业圈，成为成都最顶端的商业中心之一，继续书写着它独有的故事。

### 街道亮点：

1. 街心花园——著名雕塑家刘开渠重塑的孙中山铜像保存至今。

2. 美食街——云集成都各路美食，从火锅到小吃、从川菜到日料，应有尽有，吃到嘴软。

3. IFS 国际金融中心——爬墙的熊猫带你畅游高端奢华购物中心。

# 琴台路

## 珠宝一条街

### 标签：珠宝 火锅

提到《凤求凰》这首古琴曲，都会自然而然地想到司马相如与卓文君的爱情故事，而琴台路正是为纪念西汉时期的这对恋人而命名的。整条街道全长约 900 米，由约 16 万块青石砖铺筑而成，街内建筑均按汉唐风格修建，古朴厚重，极具古典文化氛围。

如今的琴台故径云集了不少大型珠宝楼，也少不了成都的老字号火锅，而且毗邻百花潭公园、青羊宫、杜甫草堂等名胜，是一条集汉文化、购物、餐饮于一体的特色步行街。

### 街道亮点：

1. 七宝楼——历史上的七宝楼曾为成都古代第一名楼，如今的七宝楼是成都赫赫有名的珠宝店。

2. 皇城老妈——创立于 20 世纪 80 年代的成都老火锅品牌，历经 30 年，依然食客不断，成都名火锅之一。

3. 天和银楼——极具民族风格和地方特色的金银制品琳琅满
店之宝“都江堰”主题的银制座屏引人赞叹。

# 奎星楼街

## 美食一条街

### 标签：美食 创意

古时的星象学家认为奎星是“二十八宿”之一，共有五个星点，常呈疏散排列，若五星相聚，则为文教昌明之象。也说魁星是北斗七星的第一颗，因此古时中状元，又有“大魁天下”之说。“奎”与“魁”因读音相同，所以使人难以辨析奎宿与魁星，渐渐地，奎星楼和魁星阁也就没了区分。

如今的奎星楼街是成都数一数二的美食一条街，若想品尽成都味道，可谓首选；奎星楼街同时也是成都知名的创意街道，街道内涂鸦、彩绘等时尚元素随处可见，吸引了不少创意店铺开店于此，形成了极佳的创意文化集市氛围。

### 街道亮点：

1. 冒椒火辣——成都最火爆的串串之一，平均排队两小时才能尝到。

2. 西关二少——冒椒火辣对面的传统甜品店，重口味后来碗龟苓膏，甚是惬意。

3. 明堂——创意集聚的文化园区，品咖啡、听沙龙、看电影……聆听思想碰撞的声音。

# 九眼桥水津街

## 酒吧一条街

### 标签：酒吧

九眼桥本是成都锦江上最大的一座石拱桥，桥下有 9 洞，始建于明朝，原名宏济桥，清朝维修时，将其改名为九眼桥。九眼桥自古以来就是商贸兴盛之地，因临近码头，依托锦江，水运繁荣。而水津街便是九眼桥边的一条小街，当年这条小街商铺林立、行人如织，场面热闹。

如今的九眼桥不再只是一座桥的名字，在成都人眼里，它是涵盖了以九眼桥为中心，周围数条街道围聚的夜文化商业圈，是成都夜生活的精髓。九眼桥附近酒吧鳞次栉比，而水津街无疑便是这些酒吧一条街中的代表，夜晚彩灯闪耀，江面波光的折射映照着成都人夜生活的精彩。

### 街道亮点：

1. 九眼桥——见证成都数百年的变迁，至今仍是重要的地标和市政工程。

2. 兰桂坊——成都酒吧的代表，是一个集购物、餐饮、休闲、时尚于一体的缤纷时尚夜生活区。

3. 音乐房子——成都最有名的明星酒吧。曾是张靓颖、江映蓉、王铮亮等歌星成名前的驻唱酒吧。

# 草堂路

## 通向唐文化的幽径

### 标签：自然 文化

浣花溪畔的草堂路，顾名思义与“杜甫草堂”分不开。作为浣花溪景区和杜甫草堂景区的组成道路，路旁绿树环绕，植被茂盛。游走其间，不由得可以想象到杜甫写下“窗含西岭千秋雪，门泊东吴万里船”的景象，也可感受到韦庄笔下“浣花溪上如花客，绿阁红藏人不识”的意境。

### 街道亮点：

1. 绿荫环绕——幽幽路径，绿意盎然，似乎游走于青山绿水之间。

2. 杜甫草堂——唐代著名诗人杜甫寓居成都时的故居，感受唐诗的魅力。

3. 浣花溪——小溪、小桥、卵石、竹林、楼阁，浣花溪流淌着美景，更流淌着悠悠的文化。

# 桐梓林北路

## 欧洲风情一条街

### 标签：梧桐 欧式

“桐梓林”三个字，在成都人的心里与“财富”“成功”“地位”等词近乎画着等号，因为这里曾是成都最早的众多大型企业办公地及重要机构集中地之一，由此而环绕着高端购物中心、精品休闲场所、高档餐饮等的桐梓林北路——欧洲风情街更是独具一格。街道两旁的梧桐树掩映着白色的欧式建筑，红色的复古地砖更添一份巴黎风情，漫步其间，安静优雅与繁华绚丽并存。

### 街道亮点：

1. 布拉格广场——水池与欧式长廊交相辉映，仿佛身在异国之城布拉格。

2. 欧式建筑——双语路牌、欧式门廊，浪漫迷人的气息环绕。

3. 露天酒吧——在成都也能体验巴黎街边的酒吧风情。

# 天府大道

## 世界最长城市主轴

### 标签：中轴线

若一定要在一座城中挑选一条主干道，那天府大道无疑是成都道路的代表。这条南北走向的交通大动脉原本全长 13.5 公里，伴随着成都经济区——“天府新区”的亮相，其延伸线已于 2015 年直接接通离成都约 80 公里的仁寿县，而其南延线在 2019 年建成后，将使天府大道成为世界最长的城市主轴。沿天府大道一路向南，能看到成都从老城向新城的变迁，更能看到成都经济腾飞的脉络。

### 街道亮点：

1. 天府广场——中轴线上的成都城市广场的代表，成都的“天安门广场”。

2. 天府立交——机场高速连接点，交通枢纽，太阳神鸟守护下的城市标志性建筑。

3. 环球中心——世界第一大单体建筑，城南核心经济区的巨型商业综合体。

# 锦绣巷

## 银杏一条街

### 标签：银杏

城市的四季有着不同的风景，而成都的秋就浓缩在了锦绣巷里。这条紧邻领事馆路的社区小巷，有着成都老街的朴素，更有着吸引游人的独特魅力。这份诱惑便来自锦绣巷内的银杏，不到200米的小巷，种满了高大的银杏树。每逢秋天，橙黄的“小扇叶”飘然而下，铺满街道，一眼望去，好似一条“黄金之路”。轻轻地踩上去，一声声脆响却显得格外悦耳。锦绣巷由此成为成都市民秋游留影的“必经之路”。

### 街道亮点：

四季领略不一样的银杏街道。

# 光荣北路

## 苍蝇馆子一条街

### 标签：面 小吃

每到一个地方，人们都希望能吃到当地最地道的美食，而光荣北路就是成都苍蝇馆子地道美食街的代表。整条街上，餐饮店几乎占据了店铺总数的90%，鳞次栉比，从火锅到串串，从小面到中餐，从血旺到蹄花，几乎应有尽有。而面店又是光荣北路苍蝇馆子中的头牌，查渣面、卤肉面、千碗面、大碗面等，品种繁多、各具特色，每家面店都有着自己的招牌面，无不筋道可口，随意点一碗，都能让食客吃完后觉得“巴适得板”（美味至极）。

### 街道亮点：

1. 一热胜三鲜——主打夯实大碗面，辣而不烧，汤头浓郁，超够劲儿！
2. 光荣烤鸭——谁说只有北京烤鸭才好吃？这里的光荣烤鸭可不差。
3. 世外村——家庭聚会、商务宴请的中餐厅，环境极佳，猪蹄可是必点菜。

# 东郊记忆

## 创意文化街区

### 标签：音乐 文化园

“东郊记忆”并不是一条路的名称，而是如今位于成都东面的集音乐、动漫、美食、戏剧等多文化形态于一体的创意产业园。又因园区内小路纷繁交错，每条路都有着独特的文化气息，只允许步行，所以“东郊记忆”也是特色步行街的集合。

它的前身曾是成都国营红光电子管厂，重建时，利用工厂原有的红砖建筑和钢管，将其打造成极具工业特色的现代化文化创意基地。现在是成都年轻人的天堂，音乐节、动漫节、摄影展等活动常选址于此举行。

### 街道亮点：

1. 火车头广场——保留了四川境内第一批蒸汽式火车头和两节绿皮车厢，如今成为摄影外拍首选地。

2. 星光墙——2011 年 4 月 15 日，在成都举办“第十五届全球华语榜中榜暨亚洲影响力大典”时，众多明星在东郊记忆留下了珍贵手印，组成了星光墙。

3. 成都舞台——东郊记忆的标志性广场，舞台周围的商业配套、音乐资源可满足各类现场演出，且场地巨大，能同时容纳上千人。

keywords

keywords

keywords

星楼街

琴臺故徑

# ·巷 闻 记·

keywords

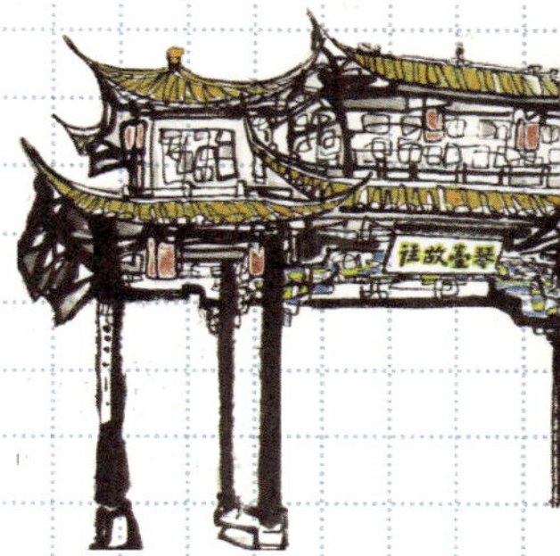

keywords

# 方 言

## 趣味无穷的成都方言

先有语言，才有文字；有了文字，才有文化。四川方言是由巴蜀语及湖广等地移民方言渐渐演变融合而成的。而说到四川方言，成都方言当然是其中一个重要组成部分。

成都方言属西南官话－川黔片－成渝小片。为川剧标准音，通行全成都市主城区和近郊的广汉、简阳等。成都市全市范围还存在属于西南官话西蜀片岷赤小片的方言，以及客家话、湘语等方言。目前人们通常所说的成都话是指成都原五城区通行口音以及词汇。其实，成都方言是北方方言的一种，与普通话发音非常相似，只是因为四声（阴平、阳平、上声、去声）各频率（调值）有所不同，所以与普通话产生了差异——不只发音，成都方言在拼写和说法上也与普通话有别。

# 有一种拖鞋叫“杀板儿孩”

杀板儿孩：拖鞋的意思，“杀”为“靸”的谐音字，“孩”为“鞋”的谐音字，靸鞋，无跟之鞋，即拖鞋。

**例句：**

那个娃儿跟个退休老大爷一样，天天上班都穿个杀板儿孩。

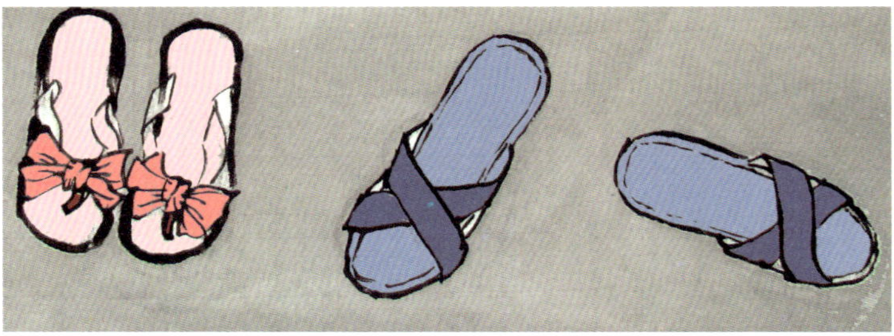

**请造句：**

..........

..........

..........

..........

# 有一种伤害叫“一耳巴子”

一耳巴子：一耳光、一巴掌的意思。

**例句：**

哦哟，嚣张了嗦，信不信老子飞起来给你一耳巴子！

**请造句：**

......................................................................................

......................................................................................

......................................................................................

......................................................................................

# 有一种恐吓叫“给老子等倒”

给老子等倒：成都人骂人时喜欢自称为“老子”，也许是种在语言上表示“我高你一等，你就是不如我”的变相“抬高辈分”的做法。“给老子等倒”经常用于约架的时候，或是在技不如人时给自己一个台阶下。

**例句：**

你给老子等倒，放学不要走，操场单挑！

**请造句：**

…………………………………………

…………………………………………

…………………………………………

…………………………………………

# 有一种指路叫“抵拢倒拐”

抵拢倒拐：意思是从这里一直往前走，走到尽头，再拐弯。成都的城市街道布局呈典型的环形－放射状，正因为如此，抵拢倒拐才有其存在“空间”。

**例句：**

厕所就在前头，抵拢倒拐就是咯。

**请造句：**

……………………………………………………………………

……………………………………………………………………

……………………………………………………………………

……………………………………………………………………

# 有一种执着叫“迷到脑壳整”

迷到脑壳整：意思是闷着头做某事，形容很专心。在吃饭的时候形容所指对象很饿或是很喜欢吃某样菜，除了吃什么都不闻不问的样子。

**例句：**

啥子东西那么好吃哦，迷到脑壳整，都不跟我摆龙门阵了。

**请造句：**

……………………………………………………

……………………………………………………

……………………………………………………

# 有一种洗澡叫“搓甲甲”

搓甲甲：搓泥，洗澡的时候把污垢从身上搓下来。

**例句：**

你轻点儿嘛，搓个甲甲，把个人屁股都搓红了。

**请造句：**

..................................................................................................

..................................................................................................

..................................................................................................

# 有一种表情叫“打呵嗨”

打呵嗨：打瞌睡，打呵欠。

**例句：**
你昨晚上跑哪儿去鬼混去了，今天一天都在打呵嗨。

**请造句：**

........................................

........................................

........................................

## 有一种老公叫"耙耳朵"

耙耳朵：软耳朵，意为妻管严，怕老婆的人。

**例句：**

你还不晓得哦，他们家那个老公就是院坝头出了名的耙耳朵。

**请造句：**

................................................................................

................................................................................

................................................................................

# 有一种短裤叫“摇裤”

摇裤：内裤。

**例句：**

洗轻一点，摇裤都被你搓出几个洞洞了！

**请造句：**

........................................................................................................

........................................................................................................

# 有一种回复叫“没来头”

没来头：没关系，没什么。

**例句：**

——大爷，没事吧？我扶你起来。

——没来头！我爬得起来！

**请造句：**

………………………………………………………………

………………………………………………………………

# 有一种价格叫“相因”

相因：价钱便宜。

**例句：**
老板儿，相因点儿嘛，口子上那家才卖三角钱。

**请造句：**

# 有一种吃相叫“穷吃饿吃”

穷吃饿吃：囫囵吞枣，吃得很急，吃相不好看。

**例句：**
看你穷吃饿吃的样子，跟八辈子没吃过饭一样。

**请造句：**

……………………………………………………

……………………………………………………

# 有一种质疑叫“豁别个”

豁别个：骗别人，骗人家。

**例句：**

老板儿，你这个东西最多几块钱，莫要豁别个哦。

**请造句：**

# 有一种不懂叫“搞不醒豁”

搞不醒豁：不懂，不明白。

**例句：**

都几十岁的人了，咋个还搞不醒豁待人接物哦！

**请造句：**

……………………………………………………………………

……………………………………………………………………

……………………………………………………………………

# 有一种绵软叫“稀溜粑”

稀溜粑：食物做得很糯软。比方说肉炖久了，炖得很烂，四川人就说肉稀溜粑。

**例句：**

嗨呀，昨天吃那个蹄花儿，稀溜粑！

**请造句：**……………………………………………………

……………………………………………………………………

……………………………………………………………………

# 有一种接吻叫“啃兔儿脑壳”

啃兔儿脑壳：接吻。

**例句：**
那两口子又在公共场合啃兔儿脑壳，生怕气不死旁边的单身狗。

**请造句：**

# 有一种失意叫“洗白”

洗白：失去了，没有了，完蛋了。

**例句：**

哦豁，洗白了嘛，喊你不要那么浪，遭甩了嘛。

**请造句：**

………………………………………………

………………………………………………

………………………………………………

# 有一种加油叫“雄起”

雄起：加油，鼓励人不要心虚，勇敢上前。

**例句：**

全兴队，雄起！雄起！

**请造句：**

……………………………………………………………………………………

……………………………………………………………………………………

# 有一种性格叫“牙尖识怪”

牙尖识怪：同“牙尖”，形容爱说人长短、拨弄是非。

**例句：**

公司头那些牙尖识怪的小妹儿些不要去招惹！

**请造句：**

......................................................................

......................................................................

......................................................................

......................................................................

# 有一种打呼叫“扯噗鼾”

扯噗鼾：打鼾，也称打呼噜。

**例句：**

楼上的人是不是鼻子安了电钻哦，扯噗鼾扯出了电钻的声音。

**请造句：**

# 有一种车叫“嘣嘣儿车”

嘣嘣儿车：指拖拉机。嘣嘣儿一是指拖拉机发动时所发出的声音，二是指坐在拖拉机上一蹦一蹦的感觉。

**例句：**

现在好难在路上看到嘣嘣儿车了哦。

**请造句：**

……………………………………………………………………

……………………………………………………………………

……………………………………………………………………

# 成都话的国际化

**1.Are you kidding me?** 你豁老子哦?

**2.Dude.** 哥佬倌。

**3.Long time no see.** 那么久没看到你了。

**4.What?** 啥子喃?

**5.Don't worry.** 不要虚。

**6.I can not hold no longer.** 老子遭不住了。

**7.Stupid.** 瓜娃子。

**8.She's my girlfriend/wife.** 她是我老妞儿。

**9.You are welcome.** 没来头，说这些。

**10.That's awesome.** 简直巴适得板。

**11.A little.** 滴滴儿。

12.What happened? 啥子情况?

13.It's none of your business. 关你娃啥子事。

14.What a hell? 啷么子搞起在勒?

15.Are You out of Your mind? 你吃醉了嗦?

16.Rock paper scissors. 石千儿。

17.Dark black. 黢麻黑。

18.See you. 空了吹。

19.Let's go. 撤飘。

20.Shut up. 闹啥子。

21.Asshole. 死娃子。

22.You wanna piece of me. 老子给你打燃火。

23.Enjoy. 敞欢。

24.I got no money. 老子分儿都不分儿了!

## 成都实用方言TOP10

1 **安逸：** “安闲舒适”之意。还有“令人满意、精彩”等意思。

2 **牙尖：** 形容人爱说人长短，播弄是非。

3 **豁：** “哄骗”的意思，成都话中“麻”也有此意。

4 **瓜娃子：** “傻瓜”之意，或是对亲近之人的戏称。

5 **撇脱：** 不拘泥；洒脱。还有“简单、容易、轻松”等意。

6 **扎起：** 撑腰、做后台。

7 **黄师傅：** 门外汉，也指做事情做不好、专业不过硬的人。

8 **假巴意思：** 假意、假惺惺之意。

9 **假老练：** 指不懂装懂的人。话语中有打肿脸充胖子的戏谑感。

10 **假打：** 形容装腔作势，弄虚作假，虚伪，死要面子活受罪等。

keywords

keywords

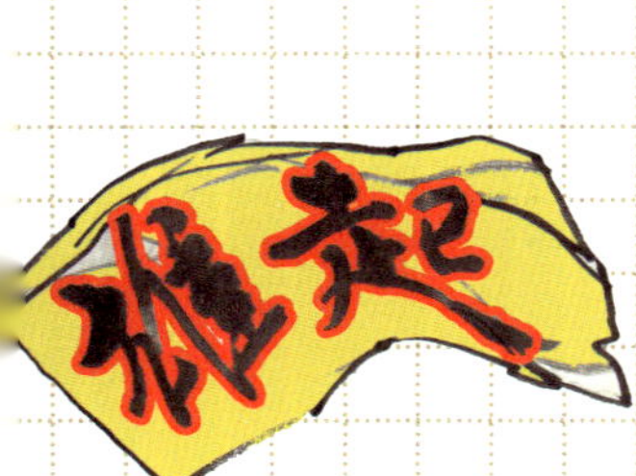


keywords

keywords

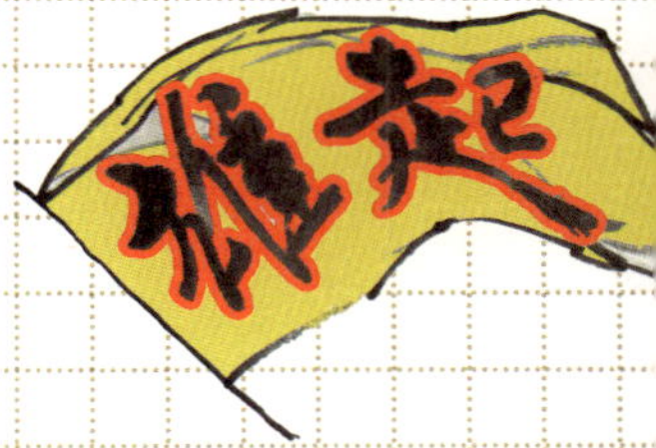
雄起

keywords

雄起

# 茶 馆

## 盖碗茶中摆不完的龙门阵

中国茶叶最初兴于巴蜀，其后向东部和南部逐渐传播开来，最后遍及全国。四川，是中国也是世界上最早产茶、饮茶的地区，也是全国主要产茶区之一。

四川人喝茶爱到茶馆，四川茶馆甲天下，成都茶馆甲四川。如今，成都大大小小的茶馆不下千家，泡茶馆自然成为成都人最典型的休闲生活方式之一，它代表了成都人与生俱来的从容气度和浸入骨子里的闲适心态。

所以，来成都，岂能不喝一碗盖碗茶？岂能不坐在老竹椅上，听听茶馆里的成都龙门阵？

# 老成都的“茶事”

## 1. 盖碗茶

在成都茶馆喝茶喝的是盖碗茶，话说这盖碗茶还有所来历。所谓“盖碗茶”，包括茶盖、茶碗、茶船三部分，故称盖碗或三炮台。茶船，又叫茶舟，即承受茶碗的茶托子。传闻是唐代西川节度使崔宁之女发明的。由于原来的茶杯没有衬底，端茶时常常会烫着手指，于是，崔宁之女就巧思发明了木盘子来承托茶杯。为了防止喝茶时杯易倾倒，她又设法用蜡将木盘中央环上一圈，使杯子便于固定。这便是最早的茶船。后来茶船改用漆环来代替蜡环，人人称便。流传至今，就是所谓的盖碗茶了。

## 2. 采耳

成都的老茶馆门前，总有采耳者摆着小摊，这个与老茶馆相伴的营生，已经成为了成都茶馆文化的重要组成部分。古书有云：茶肆一隅，两人一站一坐，如点穴盘凝伫。好事者相询：“何事？”答曰：“采耳也。”茶客一边喝茶品茗，一边掏着耳朵，顿觉身心舒坦、耳聪目慧、尘世凡事恍若空灵，在悠闲之中完全地放松心情。

## 3. 麻将

在成都，麻将向来与茶馆是配套存在的，毫不夸张地说，没有麻将桌的成都茶馆，不是真正的茶馆或者赚钱的茶馆，不少大众茶馆半壁江山都被打麻将的麻友们占领了。而“搓麻将”这项“竞技棋牌运动”在成都可以说是“上到九十九，下到刚会走，无人不会，无人不懂”，有个段子这样说道，要是你坐飞机时听到了哗啦哗啦的硬物碰撞的声音，不要担心，不要紧张，你只是进入成都的地界了！

## 人民公园 • 鹤鸣茶馆

位于人民公园内的鹤鸣茶馆，迄今已近百岁，天天客源不断，座无虚席。作为 2012 年成都首批历史建筑挂牌保护对象之一，鹤鸣茶馆的川西风格建筑每一处都让人感受着传统老成都的味道。

回廊里、露天下、湖边上，只要能塞下一桌，必定有座。有三五成群相约闲侃摆玄龙门阵的，也有独坐湖边清茶一杯享受生活的，还有一掷千金挥斥方遒谈生意的，各色人群汇聚一堂，好不热闹。

到了饭点，旁边钟水饺的服务员拿着点菜机，挨桌点菜收钱，不一会儿茶桌就变成摆满小吃的餐桌。茶饮和美食的完美结合，这就是成都。

茶馆地址：青羊区少城路 12 号人民公园内

## 宽窄巷子·老成都茶馆

宽窄巷子是成都的一张历史文化、民风民俗名片，沿着青石板路，寻到老成都茶馆，随意找张空位子坐下要上一壶“飘雪”，端着盖碗茶，看南腔北调的过客，品古老成都的印记。

茶馆地址：青羊区长顺街宽窄巷子内

## 文殊院・香园

“坝坝茶”是成都茶馆的特色，设在文殊院内的香园则是老成都有名的坝坝茶茶馆。

竹椅、矮桌、盖碗茶，树下、遮阳、阴凉坝，这就是在香园喝茶的真实写照，在空林书画院背后的树荫下，茶客仿佛找到了净化心灵的场所。园中茶座密集而不喧闹，以天为盖，以地为碗，伴着茶香，茶客仿佛置身于一个大的盖碗茶中感受着这大自然与茶的完美融合。

香园中还有家素食餐馆，喝完茶后再去品尝一下素食，更是别有一番滋味。

茶馆地址：青羊区文殊院街 66 号香园（寺庙内）

# 文化公园 • 支矶茶园

支矶茶园位于青羊宫旁的文化公园内，依山傍水围湖散落，小桥流水飞鸟云集。茶园就在公园中的人造湖旁，沿湖摆放了很多桌椅，供游人休息喝茶，打牌休闲。

茶馆地址：青羊区草堂餐饮娱乐圈琴台路

## 百花潭公园·慧园茶馆

20 世纪 80 年代后期建成。其景观和布局多以巴金作品《家》中高家花园及部分建筑为蓝本建造，而慧园之“慧”则是得名于《家》中主人翁觉慧之“慧”。庭院坐西南朝东北，占地约 3000 平方米，两进，前庭有牡丹厅，后庭为紫薇堂，两院由回廊连接，牡丹厅中及两廊厢内置花卉盆景，悬名人书画。紫薇堂系砖木结构，风格颇具川西民宅特征，现已辟作陈列室，陈列有关巴金生平的历史照片、实物等数百件。近年来巴金多次向慧园赠送的作品手稿、样书及其所得纪念性礼品，均在此展出。

茶馆地址：青羊区百花潭公园内

## 神仙树·论道竹叶青

位于武侯区神仙树的竹叶青论道生活馆是成都典型的高档茶楼，整体风格都在体现清寂的茶道精神。

来自峨眉山的这种名茶，是 1964 年陈毅到峨眉山，品此茶后见茶形似竹叶，青秀悦目，而取名“竹叶青”。竹叶青论道生活馆曾被《时尚芭莎》杂志评选为成都最美的茶馆。

茶馆地址：武侯区神仙树南路 35 号

# 锦江剧场·悦来茶馆

穿过春熙路和王府井商城，站在锦江剧场的门前，你才能找到“大隐隐于市”的悦来茶馆。这里原来叫老郎庙，是四川戏剧行业公会所在。1912 年几个在这里演出的戏班合并成了“三庆会”，并出资建立了“悦来茶馆”，鼎盛时期，三庆会拥有演员 300 余人。

悦来茶馆以茶为媒，常年有梅花奖得主在此演出，连李伯清的散打评书也是在此起步。茶客们在茶馆之中泡一杯茶，看台上人演着别人的故事，走出茶馆，又继续演自己的故事。

茶馆位置：锦江区华兴正街 54 号锦江剧场内

# 沙湾路•顺兴茶馆

位于成都沙湾国际会展中心的顺兴老茶馆，用从各地运来的明清老砖砌墙，自然有着年轮的印记。这里在喝茶之外可以看川剧，还能品各式成都小吃。

顺兴茶馆已经把茶楼改良为现代休闲综合体了，正如店门口流沙河作《四川老茶馆赋》所言："坐久阖目，魂留清朝茶馆；醒后开眼，身在现代华楼。"

茶馆位置：金牛区沙湾路 258 号国际会展中心 3 楼

## 望江楼公园茶馆

望江楼公园的崇丽阁，其名取于《蜀都赋》中“既丽且崇，实号成都”，民间称之为“望江楼”。南面的薛涛井是明代制薛涛笺处。因薛涛一生爱竹，后人便在园中遍植各类佳竹。

薛涛赞颂竹“虚心能自持”“苍苍劲节奇”。这里被誉为“竹的公园”，在幽幽翠竹中品茶，竹香茶语，白鹭啼鸣，加之湿润清澈的空气，待上半天也不厌倦。

茶馆位置：武侯区望江楼公园内

# 大慈寺 • 禅茶堂

这是成都最古老的“茶馆”，早在 1200 年前的唐代就已经有了。大慈寺始建于隋唐，玄奘法师曾在这里受过戒，整座寺庙充满了古朴的风味，而一墙之隔的远洋太古里汇聚了各大国际奢侈品牌，可谓是金光闪耀，一东一西，在此完美地融合，透出成都包容的胸襟。大慈寺内的禅茶堂是老成都著名的茶馆，阳光透过镂空雕花门窗射在竹藤椅及盖碗茶行；传统四合院里，品坝坝茶的人们懒懒地晒着太阳，背景是林立的摩天大厦，演绎着成都这座“慢生活与快节奏”的城市风情。

茶馆地址：锦江区大慈寺路 23 号

keywords

keywords

keywords

keywords

keywords

# 大 学

致我们芙蓉花开的青春

城市综合实力的发展中，教育无疑是其中的重要评估指标，而大学则是教育中的关键一级。城市的文化、城市的未来、城市的活力都可以在历史积淀与青春飞扬的大学中找到最真实的体现。

成都作为四川的省会，集中了四川省，甚至是西部最优秀的教育资源。仅成都一地，就有 56 所大学，其中不乏闻名全国的四川大学、电子科技大学等。而每一所大学都有着自己的性格，每一所大学的学生也都有着自己独特的青春，这些在花儿绽放的年纪中写下的感悟青春的不灭印记，也承载着年轻学子对一座城的眷念。

随着学子的大学寄语，走进蓉城的大学，感受在蓉城绽放的青春。

四川大學

## 四川大学

教育部直属全国重点大学，是“985 工程”和“211 工程”院校。现在的四川大学由原四川大学、原成都科技大学、原华西医科大学 3 所全国重点大学经过两次合并而成。

望江校区 | 成都市一环路南 1 段 24 号
江安校区 | 成都市双流区川大路
华西校区 | 成都市人民南路 3 段 17 号

### · 学子寄语 ·

四川大学学子 李筱雪

记得当时年纪小，你爱谈天我爱笑；
围合生活几多味，校园初识问声好；
明远湖畔听风过，风在林梢鸟在叫；
自习图书馆里泡，忆青春华年韶妙；
不知不觉睡着了，梦里花落知多少；
来过，就永远是川大人。

## 电子科技大学

教育部直属高校，“211 工程”“985 工程”院校，是一所以电子信息科学技术为核心的全国重点大学，有“中国电子类院校的排头兵”之称。

| 沙河校区 | 四川省成都市建设北路 2 段 4 号 |
| --- | --- |
| 清水河校区 | 四川省成都市高新区（西区）西源大道 2006 号 |

### ·学子寄语·

电子科技大学学子　吕若叶

这些年，我走遍成电的每个角落，走过品学楼西侧的小木桥，看过图书馆上空的云，喝过商业街凌晨的酒。

这些年，我四次手捧飘零的银杏，见证了立人楼从无到有，记录下东湖野菊的开花与凋谢。

这些年，我的头发长了又剪短，胖过也瘦过，笑容从没心没肺到矜持腼腆，打扮从青涩到成熟。

这些年，我在青春正好的年纪遇见我深爱的母校，逝者如斯，青春不悔。回头向你挥手，道一声珍重再见，后会有期。

物理电子学院

民族团结碑

# 西南民族大学

中央部属高校，由国家民族事务委员会主管，是一所多学科综合类民族高等院校。因不断培养共和国顶尖民族人才，为国家民族工作作出贡献，所以素有“共和国少数民族精英的摇篮”之称。

老校区 | 四川省成都市武侯区一环路南4段16号
新校区 | 四川省成都市双流区大件路文星段168号

## ·学子寄语·

西南民族大学学子 王壮

转眼间，毕业的夏季将至，仍记得4年前，提着大包的行李来到民大，蝉鸣和雨声不断，浅绛色的楼房鳞次栉比，俯卧在清翠欲滴的绿林中，生机蓬勃是民大给我的第一印象。梦云湖畔，天还蒙蒙亮就有人晨读，如镜的湖面倒映着雄伟的民族团结纪念碑；银杏叶随风摇曳，干净如洗的校道旁是宽敞明亮的图书馆；两个浮雕密布的半环绕着的是两只银鸟，细长的鸟喙上方悬立着太阳，这是腾飞广场的建筑物，也是民大的标志之一。愿母校能越办越好，培育更多的民大人。

# 西南财经大学

教育部直属高校，“211 工程”院校，同时也是“985 工程优势学科创新平台”入选高校，以金融学、经济学、管理学等专业为主。因其培养人才的专业性，被誉为“中国金融人才库”。

光华校区 | 成都市光华村街 55 号

柳林校区 | 成都市温江区柳台大道 555 号

## ·学子寄语·

西南财经大学学子 唐红

图书馆前，暖男为你遮风挡雨；柳湖畔，尔静桥搭在我的心上。

看，那济民广场喷泉边，轮滑者飞驰而过的身影；听，那矗立湖畔的钟楼“咚咚”的报时声；嗅，那植物园弥漫的桂花的芳香。

今晚的情人坡是否又办着音乐节，唱着校园的歌？学子们又在聆听着谁的讲座？繁华的后街，东门依旧喧闹，火锅、干锅、鸡公煲入了谁的嘴？能否再来一串冰糖葫芦？

开不完的班会，也终究散了场。

西财啊，请你看着我走。不是留给你远去的背影，而是想让你看着，每一位西财人都是你的种子，遍布他方。

西南财经大學

# 西南交通大学

教育部直属高校，“211 工程”院校，同时也是“985 工程优势学科创新平台”入选高校，其前身是中国第一所工程高等学府——始建于 1896 年的山海关北洋铁路官学堂，是一所以工学见长的全国重点大学。

| | |
|---|---|
| 九里校区 | 成都市二环路北一段 111 号 |
| 犀浦校区 | 成都市郫县校园路 |

### · 学子寄语 ·

西南交通大学学子 刘宏灿

我循着你十八次搬迁的足迹来到这里，
欣赏虹桥的妖娆，阅读火车头的记忆，
依水而成的图书馆让我心旷神怡。
我感受着“精勤求学，敦笃励志，
果毅力行，忠恕任事”的交大精神，
一日交大人，终生交大人，
交大是我们永远的家。

## 西南石油大学

新中国历史上创建的第二所石油本科院校，如今已是一所以理工科专业为主、多学科协调发展的综合性大学。其中石油天然气专业领跑全国，培养了大批石油天然气行业的优秀人才。

南充校区　南充市油院路 30 号

成都校区　成都市新都大道 8 号

### · 学子寄语 ·

西南石油大学学子　董玉洁

我沿着梦溪，走过院士林，
在天鹅湖前戏水，看龙井湖里鱼游成群。
听艺术楼里的歌声，看思学楼前川流不息的人群。
在博学楼里凝思，在图书馆中探索奥秘。
我穿过漫山花海，走到四大明楼前伫立，
感受着西石“明德笃志，博学创新”的校训。

# 四川师范大学

国家“中西部高校基础能力建设工程”重点建设高校，也是四川省人民政府举办师范类本科专业最早、办学历史最悠久的师范类综合性重点大学。同时还是四川省首批免费师范生培养实施院校。

狮子山校区 | 成都市锦江区静安路 5 号

成 龙 校 区 | 成都市龙泉驿区成龙大道 1819 号

## · 学子寄语 ·

四川师范大学学子 谢璐遥

有一座山，有一所大学，有一座孔子像；
有几条青石路，有一个荷花池，有几许微风过；
有热闹的商业街，有古朴的一、二教；
有十几年未变的三块三，有我们的谈天说笑。
四年，不过弹指一挥间，
曾以为跑不完的晚操，也不过那么长。
虽然，人生难得是欢聚，唯有别离多，
然而，曲终人未必会散，有情人终会重聚，
记得：有一座山，是你我川师人的母校。

# 四川音乐学院

我国 9 所独立设置的专业高等音乐学院之一，有硕士学位授予权，同时也是首批获得国务院学位委批准的艺术硕士专业学位授予高校。办学专业特殊突出，培养了众多知名公众人物。

| 成都校区 | 成都市武侯区新生路 5 号附 1 号 |
| --- | --- |
| 新都校区 | 成都市新都区蜀龙大道中段 620 号 |

## · 学子寄语 ·

四川音乐学院学子　王宇鹏

昔日青葱年少，君负青衫入蜀道，伊抱琴在笑。

巴山夜雨梦未了，欢喜几多知道。

小池听荷，犹记练声声彻浪；亭台说书，笑看挥遒出文章。

等闲识月上柳梢，漫步琴楼天籁绕，

川音多美妙。

四川音乐学院

# 西华大学

始建于 1960 年，其前身是四川农业机械学院，分别在 2003 年和 2008 年合并了成都师范高等专科学校和四川经济管理学院，形成如今多学科协调发展的省属高校重点综合性大学，同时也是中西部高校基础能力建设工程试点高校之一。

| | |
|---|---|
| 郫县校区 | 成都市金牛区土桥金周路 999 号 |
| 人南校区 | 成都市武侯区人民南路 3 段 37 号 |
| 彭州校区 | 彭州市南大街 276 号 |

## ·学子寄语·

西华大学学子　佘文婷

听音乐大厅传来的钢琴声，悠扬缓慢地弥散。

看四教古老的暗红色大钟，不知疲倦地摆动。

感受马尔代夫般恬静纯美的脸庞，四季如春地微笑。

聆听沱江河悠久静谧的音律，无声无息地流淌。

跟随青春里坚强朴实的依靠，喋喋不休地念叨。

唯愿于西华遇见最美的年华！

## 成都学院

始建于 1978 年，是实行“省市共建、以市为主”的由成都市人民政府主办的唯一一所全日制普通本科院校，也是四川省“卓越工程师教育培养计划”入选高校之一。

十陵校区 | 成都市成洛大道十陵

金牛校区 | 成都市营门口花照壁街 6 号

### · 学子寄语 ·

成都学院学子 谢海峰

我在成都大学等你，

在柳嘤湖畔与你共赏垂柳新绿，

在嘤鸣湖畔与你静坐观荷，

在张澜大道与你细步银杏叶毯，

在第十教学楼与你轻嗅蜡梅馨香，

与你在图书馆一起研读，在教室聆听谆谆教诲，在美院细品燕掠天空。

来成都大学，我们不见不散。

# 成都理工大学

始建于 1956 年，其前身是成都地质勘探学院，如今地质、能源等专业已是该校领跑全国的王牌专业。2000 年，学校从地质部、地质矿产部、国土资源部直属院校转为中央与地方共建、以四川省人民政府管理为主的省属重点大学。

南校区 | 成都市成华区崔家店路 502 号
北校区 | 成都市成华区二仙桥东三路 1 号

## ·学子寄语·

成都理工大学学子 赵爽

每天清晨，砚湖边上，书声琅琅，
图书馆有我们拼搏的印记，
田径场有我们挥洒的汗水，
桐荫路那一层层厚厚的落叶，见证了我们的成长。
“穷究于理，成就于工”培养着一代代理工人，
不负青春，放飞梦想，最美理工。

# 成都体育学院

始建于 1942 年，原隶属国家体育总局，从 2001 年起，划转为由国家体育总局与四川省人民政府共建、以四川省人民政府管理为主的全日制普通高等院校。学校已在举重、武术等竞技项目上形成优势，为国家高水平体育后备人才培养基地、全国举重后备人才培养基地和全国武术套路青少年培训基地。

成都校区 | 成都市武侯区体院路 2 号

## · 学子寄语 ·

成都体育学院学子 刘缘缘

在成体，有幢建筑，叫白宫；
有个校草，叫饼哥；
有座后花园，叫锦里；
有种繁华，叫一环路；
有种友谊，叫我们一起去澡堂；
有个季节，叫银杏满地。
还有，还有……
还有在成体度过最美青春的点点滴滴，
疾驰的光阴里，感恩有成体相随。

# 成都信息工程大学

始建于 1951 年，由四川省人民政府和国家气象局共建，是一所以信息学科和大气学科为核心，以工、理、管、经、文、法等多学科协调融合发展的省属普通本科院校，也是入选中西部基础能力建设工程的高校之一。

| | |
|---|---|
| 航空港校区 | 成都市西南航空港经济开发区学府路 1 段 24 号 |
| 龙泉校区 | 成都市龙泉驿区同安镇阳光城幸福路 10 号 |
| 天府校区 | 成都市天府新区经济开发区花海大道 |

## · 学子寄语 ·

成都信息工程大学学子　黄杨林

这里有苍龙游弋的黎明，也有凤凰来去的黄昏；

有碧落星辰下微寒的夜色，也有银杏泛黄飘转的落叶；

在这里我们共同在书海中徜徉，在这里我们共同度过人生最美好的时光；

成于大气，信达天下；

在成都信息工程大学，青春飞扬！

# 成都中医药大学

始建于 1956 年，是经国务院批准建立的我国最早的 4 所中医药高等院校之一。如今是以中医药学科为主体，兼有理、工、管、文、农等多学科相关专业交叉渗透、协调发展的四川省属重点高等学校，由四川省人民政府与国家中医药管理局共建。

成都校区 | 成都市青羊区十二桥路 37 号

温江校区 | 成都市温江区柳台大道 1166 号

## · 学子寄语 ·

成都中医药大学学子 杨闻、冷樱慧

百部桥侧展学行两端，
药植园内寻远志五味。
岐黄之术，针推之法，尽显杏林之道。
看他白头老翁使君子，
天南星下，大风不曾退龙胆；
待我涉江勇采半边莲，
当归之日，琥珀金灯赏牡丹。
“厚德博学，精思笃行”，
我成中医人定当——
达理明志行九域，救人济世怀天下！

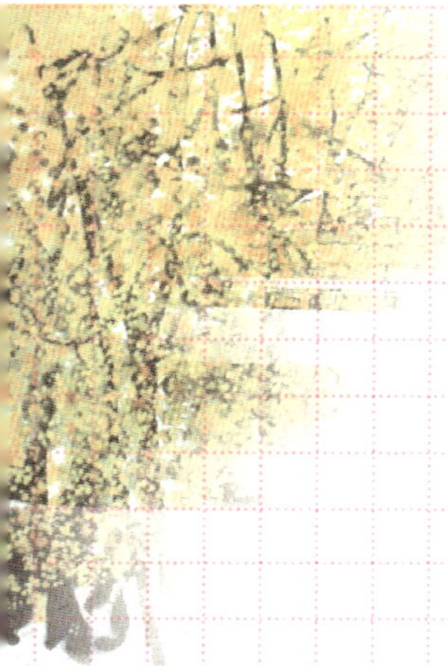

keywords

keywords

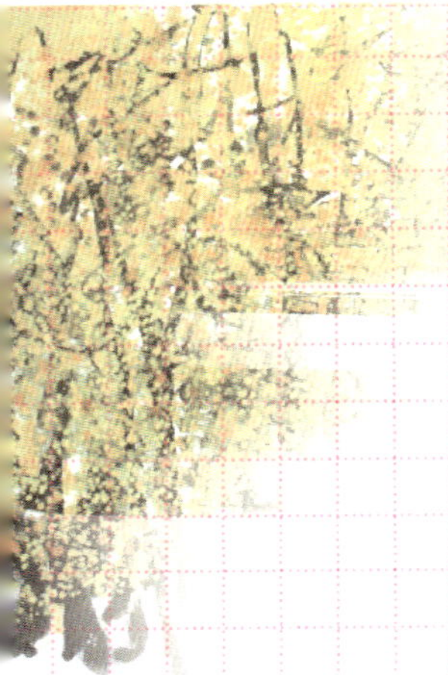

keywords

keywords

keywords